VENTE
Du Lundi 25 Mai 1908
OTEL DROUOT, SALLE N° 3
à deux heures

EXPOSITION PUBLIQUE
Le Dimanche 24 Mai 1908
DE 2 HEURES A 5 H. 1/2

I

FAIENCES, PORCELAINES

OBJETS DE VITRINE

Bijoux, Boîtes, Miniatures, Gardes dè Sabres japonais, etc.

Appartenant à M. D...

II

FAIENCES, PORCELAINES, GRÈS

Jades et Matières dures, Bronzes

OBJETS DIVERS DU XIIIᵉ AU XIXᵉ SIÈCLE

Appartenant à Divers

COMMISSAIRE-PRISEUR
Mᵉ F. LAIR-DUBREUIL
EXPERTS
MM. PAULME & B. LASQUIN FILS

CATALOGUE

DES

I

FAIENCES ET PORCELAINES

OBJETS DE VITRINE

Collection de Gardes de Sabres japonais

OBJETS DIVERS

Appartenant à M. D...

II

FAIENCES, PORCELAINES, GRÈS

Jades et Matières dures, Bronzes

OBJETS DIVERS DU XIIIe AU XIXe SIÈCLE

Appartenant à Divers

Dont la vente aux enchères publiques aura lieu

HOTEL DROUOT, SALLE N° 3

Le Lundi 25 Mai 1908, à deux heures précises

COMMISSAIRE-PRISEUR	EXPERTS
Me F. LAIR-DUBREUIL	MM. PAULME et B. LASQUIN fils
6, rue Favart	10, rue Chauchat | 12, rue Laffitte

PARIS

Chez lesquels se distribue le présent Catalogue

EXPOSITION PUBLIQUE

LE DIMANCHE 24 MAI 1908, Salle n° 3, de 2 heures à 5 h. 1/2

CONDITIONS DE LA VENTE

Elle sera faite au comptant.

Les adjudicataires paieront *dix pour cent* en sus des enchères.

L'exposition mettant le public à même de se rendre compte de l'état et de la nature des objets, aucune réclamation ne sera admise une fois l'adjudication prononcée.

Paris.— Imp. de l'Art, CH. BERGER et Cⁱᵉ, 41, rue de la Victoire

DÉSIGNATION

I

Objets appartenant à M. D***

FAIENCES ET PORCELAINES

1 — Deux assiettes, compotier, tasse et sou-
coupe, théière, en ancienne porcelaine de
la Chine, de l'Inde et du Japon. Décor bleu
et polychrome.

2 — Chope, pichet et flacon en grès.

3 — Trois plaques en faïence persane, décor
polychrome.

4 — Plat en faïence de Moustiers, décor bleu de
Bérain.

5 — Deux plats en faïence, de Bernard Palissy.

6 — Petit plat rond en ancienne faïence italienne. Cadre en bois sculpté.

7 — Plat en ancienne faïence hispano-mauresque à reflets métalliques. Décor de feuillages et rosaces en bleu.

8 — Deux plats en faïence hispano-mauresque, moderne.

OBJETS DE VITRINE

BIJOUX, BRONZES, OBJETS DIVERS

9 — Lot de bijoux anciens et modernes, boucles d'oreilles, bracelets, bagues, bouton en métal et pierres de couleur.

10 — Couvercle en émail, une boîte, une coiffure, étoffe tissée de métal et une broche formée d'une plaquette en bronze japonais.

11 — Petit miroir avec cadre en marqueterie de cuivre et écaille rouge.

12 — Trois plaques en bronze fondu, doré et patiné.

13 — Huit médailles rondes en cuivre et bronze repoussé et fondu, anciennes et modernes.

14 — Trois plaques anciennes en cuivre repoussé : sujets religieux.

15 — Grand plat et seau, à compartiments, en étain repoussé et gravé.

16 — Quatre petits bronzes japonais : brûle-parfum, poisson, oiseau, levrette.

17 — Petite chaufferette en bronze ciselé à jour et deux petits pots en cuivre gravé.

18 — Petite statuette de Mercure, d'après l'antique, sur un socle en marbre.

19 — Lionne marchant : plaquette en bronze, de *Barye*.

20 — Deux plaques, bustes d'hommes, et quatre petites plaquettes en cuivre, étain et composition.

21 — Deux plaques en plomb, représentant deux saints.

22 — Quatre petites pièces en étain : burette, sucrier à poudre, moutardier.

23 — Lot de monnaies anciennes, argent et cuivre.

24 — Trois épées anciennes, avec poignées en fer et argent ciselé.

25 — Deux poignards et une paire de pistolets anciens.

26 — Lot de quatre-vingt-douze gardes de sabres japonais anciennes et modernes. (Sera divisé.)

27 — Petit plat ovale et bol en cuivre repoussé.

28 — Deux fragments, terre cuite et grès, provenant de fouilles, et plaque ovale en tôle peinte.

29 — Quatre plaques en émail, grisaille et couleur.

30 — Aiguière et son bassin en cuivre repoussé. Travail persan.

31 — Six jetons de jacquet en bois sculpté. Epoque Louis XIV.

32 — Étui en ivoire japonais laqué d'or et sculpté.

33 — Boîte-étui en agate avec insectes en relief.

34 — Bonbonnière ronde et tabatière rectangulaire en écaille brune et miniature sur le couvercle, cerclées d'or. xviiie siècle.

35 — Bas-relief rond en terre cuite : Minerve enfant et jeune femme.

36 — Bas-relief en terre cuite : Bacchanale.

37 — Aiguière en verre fondu blanc et bleu de Venise.

38 — Étui à tablette en émail vert, monture en cuivre ciselé, orné de deux miniatures : paysage.

39 — Quatre étuis dont trois en écaille, montures or et un peint au vernis.

40 — Deux canifs, manches noir, un avec incrustation d'or et lame argent. xviiie siècle.

41 — Étui à tablette en poudre d'écaille bleue, avec médaillon en porcelaine bleue-turquoise : portrait de Washington. Monture en argent doré.

42 — Étui à tablette en poudre d'écaille rouge, avec monture et incrustation en argent doré ciselé et inscription : *Souvenir d'amitié.*

43 — Petit étui en cuivre émaillé, fond rose, rayures d'or et bordure bleue à pois, avec le mot : *Souvenir.*

44 — Boîte-étui et flacon en émail de couleur. xviiie siècle.

45 — Boîte et flacon en porcelaine décorée.

46 — Tabatière en ivoire sculpté.

47 — Râpe à tabac et cadran solaire en ivoire. xviiie siècle.

48 — Petit porte-monnaie et deux boîtes ballons en écaille brune et blonde incrustée d'argent.

49 — Trois boîtes rondes en écaille blonde piquée de cuivre et or. xviiie siècle.

50 — Deux boîtes à mouches en écaille piquée d'étoiles et incrustée d'or.

51 — Quatre petites tabatières ovales en matiè-res dures et verre.

52 — Petit étui et carnet de bal en nacre gravée.

53 — Boîte rectangulaire en nacre incrustée d'argent, miniature : portrait de femme, à l'intérieur du couvercle, époque Louis XV, et une boîte en argent de forme ovale, le dessus en écaille avec incrustations de nacre et argent.

54 — Cinq petits médaillons en buis, ivoire sculpté, biscuit et terre cuite. Anciens et modernes.

55 — Miniature : portrait de femme, dans un cadre ovale en or et argent, et cailloux du Rhin.

56 — Broche-médaillon, bouquet de fleurs, ca-dre en or, et une miniature ovale : portrait de femme.

II

Objets appartenant à Divers

FAIENCES, PORCELAINES

GRÈS

57 — Deux plats en ancienne faïence de Delft, polychrome.

58 — Grand plat rond en ancienne faïence italienne, décor bleu.

59 — Pot à anse en ancienne faïence du Midi.

60 — Plat en faïence de Perse, décor polychrome.

61 — Plat en ancienne porcelaine de Chine.

62 — Vase, de forme aplatie, en porcelaine de Chine, décor bleu.

63 — Cache-pot en céladon flambé de la Chine.

64 — Vase en céladon flambé de la Chine.

65 — Paire de vases, de forme turbinée, en porcelaine de Chine côtelée, couleur gros bleu.

66 — Paire de bouteilles en porcelaine de Chine laquée.

67 — Plat en porcelaine de Chine, décoré en émaux de couleur.

68 — Bouteille, à double renflement, en porcelaine de Chine.

69 — Bouteille en porcelaine gros bleu de la Chine.

70 — Douze assiettes creuses en porcelaine décorée.

71 — Pichet, deux coupes en porcelaine du Japon et faïence moderne.

BRONZES

72 — Statuette de Vierge et enfant en bronze.

73 — Statuette de prédicateur en bronze argenté.

74 — Petit bronze égyptien provenant de fouilles.

75 — Petit pot en bronze avec incrustations d'argent. Travail oriental ancien.

76 — Crapaud en bronze japonais.

77 — Cloche en bronze ancien.

78 — Grand plat rond en bronze ciselé, décoré en relief de femme et enfants dans un paysage. Travail japonais.

79 — Seau-bénitier en bronze de cloche du xvie siècle.

80 — Autre seau-bénitier plus petit que le précédent. xvie siècle.

81 — Vase cache-pot à deux anses en bronze de cloche ancien.

82 — Flambeau en bronze du xvie siècle.

JADES

ET MATIÈRES DURES

83 — Petite boîte couverte, de forme rectangulaire, à coins arrondis, en jade blanc, gravé
sur socle en bois de fer.

84 — Trois coupes en jade, en forme de fruits,
avec anses formées de branchages ajourés.

85 — Coupe en jade, en forme de fruits, entou-
rée de branchages ajourés.

86 — Deux petites coupes rondes, à deux anses,
en jade gravé, à petits pois.

87 — Deux autres coupes semblables aux précé-
dentes, avec caractères.

88 — Petit groupe en jade : Taureau couché et
Enfant.

89 — Vase porte-fleurs en jade, en forme de fruit,
avec feuillages.

90 — Petite plaque ronde en jade blanc fine-
ment sculpté à jour de figures et feuillages.

91 — Trois petites plaques en jade sculpté à
jour de feuillages et poissons.

92 — Deux petites plaques en jade gravé, dont
une sculptée à jour.

93 — Cinq petites pièces en jade : oiseaux, poisson, enfants et cheval avec singe.

94 — Petit flacon à tabac en jade blanc.

95 — Petit flacon à tabac en porcelaine blanche
décorée de dragons en relief.

96 — Bracelet chinois en matière dure.

97 — Coupe ovale en spatfluor.

98 — Deux pièces en agate : oiseau et chimère.

99 — Petit écran en bois de fer richement sculpté
et ajouré, de forme ronde à la partie supé-
rieure, avec plaque centrale en jade vert

ajouré, entouré de cinq petites plaques papillons en jade blanc; la partie inférieure avec oiseau aquatique également en jade. Importante pièce en trois parties.

100 — Tabouret ou support en bois de fer incrusté de nacre. Dessus de marbre.

OBJETS DIVERS

DU XIIIe AU XIXe SIÈCLE

101 — Croix de procession en cuivre repoussé et ciselé en boule godronnée en partie du XIIIe siècle.

102 — Autre croix plus petite en cuivre repoussé et doré du XIIIe siècle.

103 — Grande aiguière en cuivre à godron. XVIIe siècle.

104 — Baiser de paix en cuivre ciselé. XVIe siècle.

105 — Quatre triptyques et une plaque en bronze ciselé partiellement émaillé. Travail byzantin.

106 — Trois cuillères en argent du XVIIe siècle.

107 — Petit tonnelet en nacre. Monture argent Louis XVI.

108 — Pichet en argent doré repoussé, orné de cabochons en pierres de couleur; il est formé d'un buste de femme. Travail étranger ancien.

109 — Pot en grès, avec couvercle d'étain.

110 — Coffret en fer damasquiné. xvi⁰ siècle.

111 — Petit jeu de tric-trac, en ivoire. xvii⁰ siècle.

112 — Petit cadre de miroir en bronze ciselé, ajouré.

113 — Petit cadre rond en bois sculpté doré. Style Louis XVI.

114 — Deux bouteilles en grès, couleur terre.

115 — Quatre pièces provenant de fouilles, dont une statuette égyptienne.

116 — Un magot en grès de Chine.

117 — Deux bouteilles en verre de couleur émaillé.

118 — Singe assis, **terre** cuite, de *Frémiet*.

119 — Deux groupes en terre cuite **peinte** : femme et homme avec enfants.

120 — Bague ancienne en or, avec cachet en cristal gravé à armoirie.

121 — Deux bagues anciennes en argent et cuivre, l'une avec camée, l'autre avec cachet en fer.

122 — Petit livre hébreu, avec vieille reliure.

123 — Six petites miniatures persanes, de forme ovale.

124 — Lustre hollandais en cuivre, à huit lumières.

125 — Lustre hollandais en cuivre, à six lumières.

126 — Lustre en verre de Venise.

127 — Tabouret en bois sculpté. Style gothique.

128 — Grand poignard oriental, avec poignée en
jade vert ; fourreau en velours rouge et
argent ciselé et doré ; lame en acier damasquiné d'or.

129 — Objets omis au Catalogue.

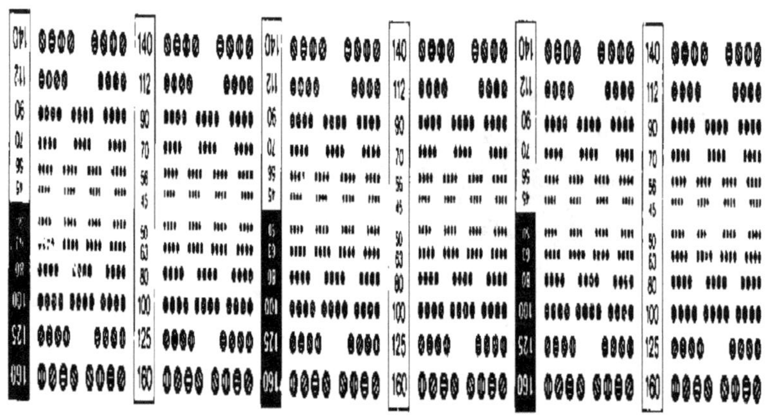

graphicom

MIRE ISO N° 1
NF Z 43-007
AFNOR
Cedex 7 - 92080 PARIS-LA-DÉFENSE